Your Sweet Scent

Kotoko Ichi

2

Inhalt

Charaktere

Ryo Kozuki

Er ist im zweiten Jahr der High-school* und möchte einmal Par-fümeur werden. Toka gegenüber ist er ein bisschen gemein, wäh-rend er ihren Duft sehr zu mögen scheint.

Toka Yoshizawa

Sie ist im ersten Jahr der Highschool und ein unerfahrenes Mädchen mit fehlendem Selbstbewusstsein. Seit ihr Senpai** Ryo Kozuki ihre kaputte Sandale auf dem Schulfest vor einem Jahr repariert hat, himmelt sie ihn an.

Story

Toka schwärmt für ihren Senpai Ryo Kozuki, der ein Jahr über ihr auf dieselbe High-school geht. Als dieser eines Tages zufällig an Toka riecht, meint er, sich in ihren Duft verliebt zu haben. Toka ist zunächst verwirrt, doch dann unterstützt sie ihn bei seinem Traum, Parfümeur zu werden! Toka kommt ihrem Senpai, der sie immer wieder neckt, näher, doch dann verläuft sie sich beim gemeinsamen Campingaus-flug der ersten und zweiten Jahrgangstufe. Der Senpai rettet Toka und umhüllt von Lavendelduft kommt es zwischen den beiden zu einem Kuss ...!

*entspricht der 11. Klasse
**Anrede für ältere Schüler*innen, Studien- und Arbeitskolleg*innen

Your Sweet
Scent

Perfume

5

Ich will dich
ganz und gar,
Toka.

Boff

Senpai ...

Ah!

Wenn ich weitergehe, hab ich ein Problem.

Ach übrigens. Du hast einen ziemlichen Wirbel verursacht ...

Wir sollten schnell zurück.

Was?!

Oh!

Dreh

J...

ズ ル ッ

ズ ル ッ

Rutsch

Toka?!

8

Seine...

Blush
かぁぁ...っ

Du hast immer nur Ärger mit mir...

Na ja, das hier ist schließlich meine Schuld.

...und bin noch immer ganz benebelt.

Ja richtig. Ich...

Es fühlte sich an wie ein Traum...

Ich war erfüllt von einem Gefühl, das ich bis jetzt nicht kannte...

... habe es geschafft, ihm meine Gefühle zu gestehen.

...

Glüh

...

Die ganze Sache wird mir jetzt erst peinlich ...!

Waaah!

Huch? Kommt's mir nur so vor...

... oder ist sein Duft intensiver geworden?

Liegt es
an der
Nähe?

Weil er
gerannt
ist?

Oder ...

... hat er
genauso
Herzklopfen
wie ich?

Ich
wünschte ...

... wir würden
niemals an-
kommen.

Ich will
nicht
zurück.

Also wirklich, du dumme Nuss!

Wo bist du nur gewesen?! Ich hab mir solche Sorgen gemacht!

Tokaaa!

Es tut mir so leid, Nacchan*!

*Kosename von »Natsumi« mit dem Suffix »chan«, einer verniedlichenden Anrede für gute Freund*innen und kleine Kinder

Unmöglich!

Ist sie etwa seine feste Freundin?!

Raun

Was ist sie für ihn?!

Moment mal! Warum ist sie mit Ryo-kun** zurückgekommen?!

B... Bin ich ni...

Raun

Tja ...

Wer weiß?

Raun

**Anrede für Jungen und jüngere Männer

Hey, Kozuki! Yoshizawa!

Was hast du denn geschrieben?

Puh, ich bin müde und echt geschafft.

›Wer weiß?‹ ...

Was meint er damit?

Er fängt auch mit so einer etwas an? Hätte ich nicht gedacht ...

Wie?! Sind sie echt zusammen?!

Was soll das heißen?

Raun

Raun

Raun

?

... benahm er sich wie immer ...

Ein paar Tage später ...

... als wäre nichts gewesen.

Aber er hat mir noch nicht gesagt ...

... was er für mich empfindet.

Könnte es sein, dass ich mir alles bloß eingebildet habe?! War es ein Traum?!

Kann ich mir seine Antwort etwa abschminken, da für ihn der Kuss gar nicht passiert ist ...?

Nein, dafür hat es sich zu echt angefühlt ...

Seit jener Nacht träume ich nur noch von diesem Moment.

So sehr ist er mir im Gedächtnis geblieben ...

Aber je näher wir uns kommen ...

... umso schmerzhafter ist es ...

... an ihn zu denken.

Dabei dachte ich, ich wäre zu einer Anderen geworden ...

Doch jetzt ...

... fühlt es sich an, als wäre der Zauber verflogen.

...

Your Sweet Scent

Ähm ...

W... Wohin gehen wir ... bei diesem Date ...?!

Zu einem Ort ...

... wo wir unter uns sind.

Poch

Woah ...!

Ich wusste gar nicht, dass hier ein Park ist ...!

Was für ein toller Ausblick ...

Bei unserem ersten Gespräch in der Schule war es genauso ...

Er scheint sich gut mit Orten auszukennen, an denen man allein sein kann.

Klasse, nicht wahr?

Das ist ein Geheimtipp, den erstaunlicherweise nur wenige Leute kennen.

22

Ich wollte erst nach der Fertigstellung mit dir reden ...
... da dieses Parfüm zu etwas ganz Besonderem geworden ist.
Hier!
Schau gut hin.

Es ist wunderschön ...

Als würde es einen Ausschnitt des Nachthimmels in sich tragen.

Genau ... Der Duft von neulich ...

Lavendel ...?

Ström

Das ist tatsächlich ...

Und jetzt der Duft.

Poch

Poch

Poch

... als wir uns geküsst haben.

Das Lavendelfeld und die schwache Brise einer Sommernacht ...

... vermischt mit einer leichten Süße.

Schlagartig fühle ich mich in jene Nacht zurückversetzt ...

Das also ist der Duft, den Senpai an jenem Tag wahrgenommen hat.

... und in seine Welt hineingezogen.

Und ...?

Bekommst du Lust auf einen Kuss?

Was?! A... Aber ...

Ich schon.

Während ich den Duft kreierte, verspürte ich den Wunsch nach mehr ...

Nicht wahr?

... und ich bin mir sicher, dass du genauso empfindest.

Ä...
Ähm
...!

ほ"っ

Glüh

...!!!

Warum
...

... hast du
mich ...

... an
jenem
Tag ge-
küsst?

Poch

Keine
Ahnung ...

... aber
während ich
dich ansah
...

Zuerst
dachte ich,
ich hätte mich
einfach nur in
deinen Duft
verliebt ...

... wurde ich
irgendwie von
dem Wunsch
gepackt, es
zu tun.

Der
Zauber ...

... hält
noch an.

Das ist kein
Traum ...

36

Perfume

6

✕

Wir
sind doch
zusammen.

Stimmt. Die sind ja auch da ...

Ach so ...

Aber der Senpai sieht um ein Vielfaches gefährlicher aus.

Ich bin so geblendet, dass ich gar nicht hinsehen kann ...!

Wie lästig ...

Poch Poch Poch Poch

Diese beiden da sehen in ihren Bikinis so erschreckend gut aus und ich ...

Oh! Ä ... Ähm ...

Und sie halten wie wild nach dem Senpai Ausschau ...

Er ist schon hier, oder?

Sag mal, wo steckt denn Ryo-kun?

Findest du?

Echt ...?

... und heute bin ich mit dem Senpai am Meer ...

Uuh ...

Meine ersten Sommerferien auf der Highschool ...

... aber ...

...den Senpai für eine Weile nicht mehr sehen.

Es ist so viel passiert, dass die Zeit wie im Flug vergangen ist.

Morgen beginnen die Sommerferien ...

Aber in den Ferien werde ich ...

Hey, Toka!

?!!

Möchtest du in den Sommerferien irgendwohin?

Wieso machst du so ein Gesicht?

Ist doch normal, dass wir ein bisschen herumfahren.

Wir sind doch zusammen.

Es gibt einfach zu viele Orte, die ich gerne besuchen würde.

J...Ja richtig.

»Wir sind doch zusammen.« ...

»Wir sind doch zusammen.« ...

Ähm, mal überlegen.

41

Wo möchtest du denn als Erstes hin?

A...

Ans Meer ...!!

Kyah♡

Waaas? Du fährst ans Meer, Ryo-kun? Wann denn?

Wie? Echt jetzt? Sie ist ja ganz anders, als ich dachte.

Ist das nicht besagte Freundin?

D... Die Gerüchteküche ist tatsächlich am Brodeln.

Hm?

Das geht euch doch nichts an.

Hä ...?! Wer sind die denn....?

Mädchen aus dem zweiten Jahr?

Waaas? Wie fies!

Grummel!

???

Freu Freu

Wir beide wollten nämlich auch ans Meer!

Und aus unerfindlichen Gründen ...

... ließ die Stimmung es nicht mehr zu, dass ich mit dem Senpai allein ans Meer fahre ...

Und heute ist es so weit ...

So viel zu unserem schönen Date.

Wir können sie doch einfach ignorieren. Schließlich sind wir zu zweit hier ...

... und die beiden sind uns bloß hinterhergelaufen.

Dann müsste ich Angst vor den Folgen haben ...

Your Sweet Scent

...

Was ist mit dem Teil da?

Obwohl ich mich ein bisschen schuldig dabei fühle, wenn ich den Senpai nur für mich beanspruche.

Aber wir werden wohl kaum die ganze Zeit mit ihnen verbringen ...

... denn wir sind ja nur zufällig am selben Tag hier.

A...Aber schließlich bin ich seine Freundin.

Wie?

... das könnte ich vielleicht anbehalten ...

Ich dachte ...

Ziehst du es nicht aus?

Du trägst doch einen Badeanzug, oder?

Warum denn? Meine Vorfreude war ziemlich groß.

Mach dir nicht die Mühe, mich aufzumuntern ...

Aber es stimmt.

Keine ist so süß wie du, Toka.

Das ist meine ehrliche Meinung ...

Und ich kann dafür sorgen, dass du noch viel süßer wirst.

?

Damit du Selbstvertrauen bekommst.

Trief

Funkel

Funkel

Ist das ...

... ein
Körperöl
...?

Funkel

Es schützt
auch vor
Sonnen-
bräune.

Ja.

Ich
dachte,
es würde
dich freu-
en.

Da wir heute
am Meer sind,
hab ich Öl statt
Parfüm mitge-
bracht.

Und es
riecht gut ...
Ist das Jas-
min?

Mit
glänzender
Lamecreme!
Wie süß!!

So was
gibt es
also!

Gefällt
es dir?

Hat er sich et- wa um mich gesorgt?

Jetzt hast du Lust be- kommen, Haut zu zeigen, oder?

Er ist einfach unglaub- lich!

Er belegt mich jedes Mal mit ei- nem neuen Zauber.

Vielen lieben Dank!

Pack

Na ja, eigentlich wollte ich dich damit einölen.

D... Das ist schon genug!

Mehr nicht?

Das ist aber schade.

Blushhh

Ha ha ha!

Warum musst du dich gleich wieder über mich lustig machen?!

Weil deine Reaktion so offensichtlich ist.

Mannooo!

Woah ... Was für eine Schönheit ...

Und diese Figur ... So lange Beine ...

Haaah ...

Wie? Du bist auch hier?

Dasselbe könnte ich dich fragen ...

Kapier's
doch!

... wäre es uns lieber, wenn er wieder mit Ayami zusammenkäme!

Weißt du, was wir alle denken?! Bevor er eine wie dich zu seiner Freundin macht ...

Ach, so ist das ...

Er war also schon als Kind mit so einem schönen Mädchen befreundet.

Und obendrein ist sie seine Ex ...!

Bestimmt ...

... kennt sie alle möglichen Seiten an ihm, von denen ich nichts weiß.

Aber ...

Du trägst sie noch immer ...

Das musst du mir nicht extra sagen. Das war sowieso der Plan.

Na los! Nimm endlich deine Freundin und sieh zu, dass du hier wegkommst.

... diese Ohrringe?

Sie sind eben süß und ich mag sie. Nur deswegen trage ich ...

Huch ...?

Er ist weg.

Ich trauere dir schließlich nicht nach oder so.

Was soll die Frage?

Ob ich ihn im Meer verloren hab?

Als wie ankamen, hatte ich ihn noch ...

Was? Du hast einen Ohrring verloren?

Wie sieht er denn aus?

Ach so. Lass'nur.

Ich hätte ihn vorher abnehmen sollen.

Den finden wir doch nie ...

Willst du ihn etwa suchen?

Ist sowieso nur ein altes Geschenk von Ryo.

Sie hat die Ohr- ringe ...

...von Senpai ...!?

Echt? Bist du sicher?

Ich werd mir hübschere kaufen.

Das ist die Gelegenheit, um die Biege zu machen.

Bin dabei!

Habt ihr keinen Hunger? Lasst uns doch was essen gehen.

Toka?

...

Hast du Ayami-san* diese Ohrringe geschenkt ...

... als ihr beiden noch zusammen wart, Sen-pai ...?

Wie? Na ja, schon.

Woher weißt du das?

*höfliche, geschlechtsunabhängige Anrede

?

Ist sie irgendwie angefressen?

Ich geh ihn suchen!

Hey! Warte!

Komm, Toka. Lass endlich gut sein.

Du bist die Einzige, die noch sucht.

Vergiss ihn einfach. Ayami sagt selbst, es ist okay ...

Es ist nicht okay!

Bestimmt stecken die Ohrringe voller Erinnerungen an eure gemeinsame Zeit und liegen Ayami-san daher sehr am Herzen.

Wären sie ihr zuwider, hätte sie sie nicht bis heute getragen ...

... hätte sie nicht so ein Gesicht gemacht.

Außerdem ...

...

... darf man nicht einfach aufgeben.

Eine so wichtige Sache ...

Schließ-lich ...

61

A... Alles klar.

So was nervt nämlich!

Ich möchte nicht, dass du mich missverstehst.

Zwischen uns läuft wirklich nichts!

Jetzt pass mal auf ...

Seufz

Nichts, vergiss es.

Wie?

Oh Mann.

Vielmehr hab ich jetzt irgendwie den Absprung geschafft.

Auch ich sollte zusehen, dass ich mir einen Freund angle.

Ich finde, dass ihr beiden ziemlich gut zusammenpasst.

Ich wusste nicht ...

... dass Ryo einen anderen Menschen so ansieht.

Auch nicht, als wir zusammen waren.

Trotz unserer langen Freundschaft hab selbst ich ihn noch nie so gesehen.

Sorry, dass wir euch heute gestört haben.

Senpai?

Wo steckt er bloß?

Die anderen machen jetzt ein Feuerwerk ...

... und falls wir Lust haben, können wir dazustoßen ...

Flapp

Da müssen wir ...

... jetzt aber nicht hin.

Lass mich noch mehr ...

... von deinem Duft aufnehmen.

A...

Auch wieder wahr.

»Ich wusste nicht ...

... dass Ryo einen anderen Menschen so ansieht.«

Hast du womöglich vergessen, dass du heute ein Date mit mir hast?

Perfume

7

✕

Hey,
bekomm ich
einen Kuss?

Ich hatte mir schon Sorgen gemacht ...

Huch? Ihr wollt jetzt auch los?

Als wir gerade gehen wollten, sind wir wieder Ayami-san und den anderen über den Weg gelaufen.

Warum strahlst du schon die ganze Zeit über beide Ohren?

Hey, was ist los?

Schreck

Es tut uns leid!

... aber sie scheint ein gutes Wort für mich eingelegt zu haben.

Was?! Ich hab gestrahlt?!

Lass uns doch mal zu zweit etwas unternehmen!

Lass das!

Hey!

Ich hab verdammt Lust, dir die Ohren über Ryo vollzujammern.

Ich bin geblendet von so viel Güte ...

Funkel

Funkel

Ob sie mich wohl akzeptiert hat?

Es wäre schön, wenn ich mein friedliches Leben auch in der Schule weiterführen könnte ...

Wird dir auch nicht übel?

Der Zug ist echt voll.

Häng Häng
Lärm Lärm

Obwohl es schon so spät ist.

Häng Häng
Lärm Lärm

Drück

Hoppla!

N... Nein!

Domm

80

Kann er nicht wenigstens diese gemeine Ader abstellen?!

Blush

Gatonk
タ
タ
ン

Gatonk
タ
タ
ン

...

Sommerfest
3/8

Gatonk
タ
タ
ン

Gatonk
タ
タ
ン

Gatonk
タ
タ
ン

Your Sweet
Scent

Geht das so ...?

Ich hätte nie gedacht ...

Oder seh ich irgendwie komisch aus ...?

... dass ich mit ihm zusammen dasselbe Fest von letztem Jahr besuchen würde.

Kram

Ach ja! Ich muss ihn anrufen.

?!

Pechschwarz

Bis eben hat's noch funktioniert!!

Wie?! Moment! Warum denn das?!

Die Vor-freude war so groß ...

Erbleich ...

... dass ich verschwitzt hab, es auf-zuladen ...

Etwas später ...

D...Das kann doch nicht sein ...

Wo mag er nur stecken?

Ohne zu wissen, wohin ich gehen könnte ...

... habe ich einfach die Bank aufgesucht, bei der wir uns das erste Mal begegnet sind.

Lärm

Lärm

tokd istte

Ohne Smartphone kann ich es knicken.

ihn in dieser Menschenmenge zu finden.

Press

Aber was jetzt ...?

Was ist bloß los mit mir?

Das schöne Fest ...

Dieses Treffen kann ich wohl vergessen, oder ...?

Weißt du noch ...

... wie wir uns an dieser Stelle schon einmal begegnet sind, Toka?

Auch damals hast du so ein trauriges Gesicht gemacht ...

... dass ich ganz hibbelig wurde.

Er weiß es noch!

Zupf

Weißt du ...

... Senpai ...

Gerade ist es mir wieder eingefallen.

Dabei bewegt er sich selbst auf Nationalschatz*-Niveau!

Er sieht umwerfend in seinem Yukata aus!!!!

?

... wirst mit jedem Treffen süßer.

Du...

Der Yukata steht dir.

Wirklich?!

Ja.

Wie in einem Traum.

Wollen wir?

Ich bin so froh, dass ich ihm damals begegnet bin ...

Ich bin tatsächlich mit ihm zusammen.

... und ihn nicht mehr vergessen konnte ...

カラン
コロン

Klack
Klack

Gleich
beginnt das
Feuerwerk,
Senpai!

Ein Glück!

Wir kommen noch rechtzeitig ...!

ooo

Hey!

Ich frage mich, wie er jedes Mal an diese Geheimtipps kommt ...

Erstaunlich ...

Bei so wenigen Leuten haben wir bestimmt eine tolle Sicht.

Woah...!

Poff

ド！

Poff

Poff

Poff

Ohaaa ...
Wunder-
schön ...

Dabei sehen sie doch so goldig aus.

Mit so einem Ding in der Hand würde ich doch komisch aussehen.

... Senpai?

Wolltest du wirklich keine kandierten Erdbeeren ...

Möchtest du dann meine essen?

Hier!

98

Poch

Poch

Poch

Süß.

Ich fand es schon seit unserer ersten Begegnung klasse.

ぼぼぼ

Flamm

Mampf

Mampf

Er ist heute viel zu verführerisch ...!!!

Ich mache es selbst ...

Mein Herz schlägt viel zu doll ... Schnell ein Gesprächsthema ...

Also, ähm ...

Was für ein Parfüm benutzt du eigentlich, Senpai?

Du darfst auch ...

Willst du raten, was drin ist?

... an mir schnuppern.

Poch

Poch

Poch

Poch

Poch

Wah!

Das kitzelt!

Warte! Nicht so schnell.

...!

Zuck

Plumps

N... Nicht bewegen, Senpai.

!!

In seinen
Duft, in den ich
mich damals
verliebte ...

...mischt
sich
nun ...

...mein eigener
und verschmilzt
mit ihm.

Mein Herz
schlug so
laut wie das
Feuerwerk ...

... sodass ich beide
Geräusche fast
nicht mehr unter-
scheiden konnte.

Das Feuerwerk ist schon vorbei.
Wir haben fast nichts davon gesehen.
Blush
Das ist seine Schuld!!
Wollen wir langsam nach Hau...
Warte.
Das Gedränge ist noch zu groß.
Lass uns noch einen Moment hier Pause machen.

... um noch ein bisschen mit dir zusammen sein zu können.

Eigentlich ist das nur ein Vorwand ...

Hab ich mich er- schreckt ...

Außerdem möchte ich dir noch was sagen.

Etwas sagen?

Genau.

Es gibt eine Art Wettbewerb für Herbstdüfte ...

... und ich spiele mit dem Gedanken, daran teilzunehmen.

Arbeitest du an einem neuen Parfüm?!

Du gewinnst bestimmt, Senpai!

Ich bin sehr gespannt!

Hätte ich dich nicht kennengelernt ...

... wäre ich wohl nie auf die Idee gekommen, daran teilzunehmen.

Ich wünsche dir viel Erfolg!!

In deiner Gegenwart strömen die Ideen für Düfte, die ich kreieren will, nur so aus mir heraus ...
Als hätten sich ganz neue Möglichkeiten eröffnet.
Das habe ich alles nur dir zu verdanken.
Es kommt mir vor ...
... als würde jeder Traum in Erfüllung gehen, solange du nur bei mir bist.

Perfume

8

✕

Warst du
schon immer so
wunderschön?

Die Sommerferien sind zu Ende ...

... und die Luft wird immer herbstlicher ...

Haaah ...

Knarz

Verflucht ...

Rauf

So hab ich's nicht gemeint! Jetzt hört mir doch zu!

... gehört nämlich mir.

Ich wusste gar nicht, dass wir einen Filmklub haben.

Dreht ihr dort Videos?

Akanishi-san aus dem zweiten Jahr ...

... ist wohl Mitglied des Filmklubs.

Ja, das tun wir.

... und gerade als ich mir den Kopf wegen einer Idee zerbrach ...

Für das Schulfest soll jeder einen Kurzfilm drehen ...

... habe ich zufällig euch beide gesehen ...

Hmm

Was jetzt ...? Mir fällt überhaupt nichts ein.

Stimmen?

Ich dachte, dieses Klassenzimmer wäre leer.

Ström

Der Moment, als du das Parfüm auftrugst...

... und der Duft, den ich wahrnahm, als wir aneinander vorbeigingen, haben einen unglaublichen Eindruck bei mir hinterlassen.

Sag bloß nicht, du hättest dich in sie verliebt.

Es ist mir zwar peinlich, aber dass er den Duft lobt, freut mich trotzdem.

»Das ist es«, dachte ich.

Und deswegen meine Bitte an dich.

...

Was hast du denn?

Nein ...

Was sie damals aufgetragen hat, war Parfüm, nicht wahr?

Könnte es sein, dass du es gemacht hast, Kozuki?

Ja schon, aber ...

Ich hab's geahnt!

Your Sweet Scent

?!

Könntest du vielleicht ein neues machen?!

Und so kam mir eine Idee.

Das Thema lautet: Der Duft der Liebe ...

Ich würde gerne eine Szene fil- men ...

... in der du dich mithilfe von Kozukis Parfüm ver- wandelst.

Was soll dieser Überfall ...?

Für solche Dinge hab ich momentan gar nicht die Zeit ...

Was haltet ihr vom Titel »Der Duft, der die Lie- be in Erfüllung gehen lässt«?

Bitte! Steigt mit ein!!!

Ein Duft, der die Liebe in Erfüllung gehen lässt ...

Hä?!

Das freut mich!

Juchhu!!

Sie hat bestimmt schon vergessen, dass sie gefilmt werden soll ...

Aber was in aller Welt ...

Und deswegen habe ich mich wahnsinnig auf dieses Treffen gefreut ...

Ein Duft, der die Liebe in Erfüllung gehen lässt ...

Was schwebt dir denn da so vor, Toka?

Nichts Besonderes!

He he he!

Was hast du?

Ein Duft, der dir Mut macht ...

Wenn er die Liebe darstellen soll ...

Süßsauer, sagst du?

... denke ich an einen süßsauren, niedlichen Duft.

Die waren ...

Na ja ...

Na, wie diese Erdbeeren auf dem Sommerfest neulich.

Wie Erdbeeren?

Was?

Poch

Ein bisschen zu süß ...
... glaube ich.
In vielerlei Hinsicht ...
Ach so.
Du bist ganz rot, Toka.
Du hast meine Erinnerungen mit Absicht wachgerufen!!!
Ha ha ha!
Hmmm ...
ぱくっ
Happs
ぱあっ
Strahl
Kirschen sind ebenfalls süßsauer und lecker.

Ein paar Tage später ...

Was?!

Selbst der Flakon ist Handarbeit?

Einfach unfassbar!

Nicht wahr?!

Also wirklich ...

Versetzt euch auch mal ein bisschen in meine Lage, wenn ihr mich immer wieder aus heiterem Himmel mit einem dringenden Auftrag überfallt.

Du bist wirklich unglaublich, Shige-san!!

Mua ha ha!

Was soll dieser vertrauliche Umgangston?!

Hey, Shige!

Es ist doch so niedlich!

Aber diesmal stammt das Design von dir, nicht wahr, Toka-chan?

Ich wäre ein bisschen geschockt, wenn sich Ryo so etwas ausgedacht hätte.

Aus welchem Grund bin ich dann hier ...?

Superaufgeregt

Lass mich doch zuschauen.

Ob Parfüms, Flakons oder Filme ...

Wenn dich die Kamera irritiert, kann ich auch mit dem Handy filmen.

Sei so normal wie möglich!

Menschen, die etwas erschaffen, sind wirklich bewundernswert.

Ich möchte so schnell wie möglich den Duft ausprobieren ...

... den der Senpai für mich kreiert hat.

Also dann! Ich beginne mit der Aufnahme!

Aber ...

... ich dachte, sein Anblick wäre genug für mich.

Ich hatte kein Selbstvertrauen ...

ふわっ
Ström

...und aus diesem Grund ...

Ich denke an die Zeit zurück, als meine Liebe noch nicht in Erfüllung gegangen war ...

Damals war mein Kopf immer ausgefüllt ...

... von Gedanken an diesen geliebten Menschen.

... belegte er mich mit einem besonderen Zauber ...

... der mir Stärke verlieh.

... und der mich sogar seine Gefühle spüren lässt.

Der süßsaure Kirschduft ...

Toka.

Der Duft, den der Senpai in jenem Moment wahrnahm ...

... der Liebe.

Schubs

Schlag hier keine Wurzeln vor lauter Hingerissenheit!

?!

Tuschel Tuschel

...

Darf ich das Parfüm wirklich behalten?

Es ist schon richtig dunkel geworden.

Selbstverständlich!

Schließlich hab ich's für dich gemacht.

S... Senpai?

Hey...

D... Das geht doch nicht!!

Tss! Also nein.

Drüüück

Darf ich dich mit zu mir nehmen?

Aber jetzt...

... weiß ich genau, welchen Duft ich erschaffen will.

Meinst du etwa ...

Genau.

Das Parfüm für den Wettbewerb.

Waaah ...!

Und was ist das für ein Duft?!

Ist noch geheim.

Waaas?!

An jenem Abend ...

... als eine leichte Brise der Süßen Duftblüte durch die klare Luft schwebte ...

... sah auch der Mond sehr viel schöner aus als sonst.

Es fühlte sich an, als würde jetzt alles gut werden.

Senpais Duft, seine freundliche Stimme, sein Lachen ...

Trotz meines Glücks war ich den Tränen nah ... und irgendwie ...

... kam mir dieser Abend wie ein Schatz vor.

Fortsetzung folgt in Band 3

か
あ...
Blush

Ä...
Ähm!

Ich sehe auch viel lieber dich an, als das Feuerwerk.

Wir haben uns gar nicht das Feuerwerk angesehen, Senpai!

?!

Wupp

Bitte sag's mir! Ich krieg's einfach nicht raus!

Wie?

Die Sache von eben ...

♥Twitter
@ichigoko

♥Insta
ichigoko_

♥✉
〒107-8652
Tokyo Akasaka
Post Office
PO BOX 91
Nakayoshi
Editorial Department
To: Kotoko Ichi

Vielen Dank, dass ihr
Band 2 von *Your Sweet
Scent* gelesen habt!

Mit der Verliebtheit zwischen
Senpai und Toka-chan geht es
steil bergauf. Freut euch auf den
nächsten Band! Ach ja! Vielen
lieben Dank für die zahlreichen
Beiträge für den Parfümflakon-
Designwettbewerb! ♥ In Kapitel
8 kommt einer der Flakons, der
einen Preis gewonnen hat, vor.
Wirklich vielen Dank für das
süße Design. ♡

Kotoko Ichi

Diesmal habe
ich beim Cover
an Aschenputtel
gedacht. Hiermit
lege ich euch auch
Band 2 ans Herz.

Kotoko Ichi

TOKYOPOP GmbH
Hamburg

TOKYOPOP
1. Auflage, 2024
Deutsche Ausgabe/German Edition
© TOKYOPOP GmbH, Hamburg 2024
Aus dem Japanischen von Sakura Ilgert

© 2022 Kotoko Ichi. All rights reserved.
First published in Japan in 2022 by Kodansha Ltd., Tokyo
Publication rights for this German edition arranged
through Kodansha Ltd.

Redaktion: Caroline Skrabs
Lettering: Vibrant Publishing Studio
Herstellung: Rita Geers, Nils Bornemann
Druck und buchbinderische Verarbeitung:
CPI-Clausen & Bosse GmbH, Leck
Printed in Germany

 Wir achten auf die Umwelt.
Dieses Produkt besteht aus FSC®-zertifizierten
und anderen kontrollierten Materialien.

ISBN 978-3-8420-9654-7

www.tokyopop.de

STOPP!

Dies ist die letzte Seite des Buches!
Du willst dir doch nicht den Spaß verderben
und das Ende zuerst lesen, oder?

Um die Geschichte unverfälscht und original-
getreu mitverfolgen zu können, musst du es
wie die Japaner machen und von rechts nach
links lesen. Deshalb schnell das Buch um-
drehen und loslegen!

So geht's:

Wenn dies das erste Mal sein
sollte, dass du einen Manga
in den Händen hältst, kann dir
die Grafik helfen, dich zurecht-
zufinden: Fang einfach oben
rechts an zu lesen und arbeite
dich nach unten links vor.
Viel Spaß dabei wünscht dir
TOKYOPOP®!